donne de l'énergie à l'homme ; et si cela est, ne doit-il pas induire de-là que c'est pour ce seul plaisir que l'a créé la nature ; qu'il mette tous les autres en parallèle avec celui-ci, il verra qu'elle différence, il sentira s'il en est un seul qui l'embrase avec autant d'ardeur. Son empire est tel sur une ame : qu'aussi-tôt qu'elle en est remplie, elle ne peut plus penser à autre chose. Examinez un homme vraiment libertin, vous le verrez toujours occupé ou de ce qu'il a fait, ou de ce qu'il projette de faire. Dans une parfaite insouciance sur tout ce qui ne tient pas à ses plaisirs, vous le verrez pensif, concentré dans lui-même, et comme s'il craignait de donner accès à un mouvement qui pût le distraire une minute des libidineuses idées qui l'enflamment ; on dirait qu'une fois enchaîné au culte de ce Dieu, il lui devient absolument impossible d'être ému par quoi que ce puisse être, et que rien n'est capable de distraire son ame de la délicieuse passion qui le captive : c'est donc à elle seule que nous devons tout sacrifier ; il ne doit être qu'elle seule de respectable à nos yeux ; méprisons souverainement tout ce qui s'en éloigne ou la combat ; et pour mieux lui prouver notre hommage,

LES
RENCONTRES
DU
PALAIS-ROYAL,

AVENTURES GALANTES.

A PARIS,

Chez TIGER, Imprimeur-Lib.

Place Cambrai.

AN XI. — 1803.

LES RENCONTRES

D U

PALAIS-ROYAL.

VIVE le Palais-Royal pour les
rencontres ! C'est le point central
qui rassemble toutes les classes de
gens oisifs, comme des plus actifs.
Ceux-ci font de bonnes affaires ;
ceux-là en font de mauvaises, mais
dont ils se dédommagent de manière ou d'autre ; car si l'on n'y
trouve pas toujours ce que l'on
cherche, on y trouve souvent ce
qu'on ne cherche pas.

Eh ! vous voilà ! me dit en s'ar-
rêtant une jolie femme aux yeux
bleus, gorge bouffante, et queue
trainante (elle tenoit le bras d'une
autre plus âgée, qui étoit sa femme-

de-chambre , laquelle s'esquiva pour nous laisser libres), comment vous portez-vous? et le petit chiffon , car il ne me sort pas de la mémoire.... — Vous plaisantez Madame.... (elle partit d'un éclat de rire.) Comment vous n'avez plus ce petit caniche... Ah ! m'écriai-je , c'est Mademoiselle Duclos.... c'est ma Lucile..... Oui mon cher , je suis enchanté de vous revoir mais mon pauvre chiffon... — Vous voulez dire zizi ; je ne sais ce qu'il est devenu. Quel dommage ! me dit-elle ; c'étoit bien la peine de m'en priver pour en avoir si peu de soin.... Il n'y a que deux mois , lui répliquai-je avec un peu d'ironie , j'espère le retrouver ; la chose n'est pas impossible , puisque je vous retrouve depuis deux ans que vous me fûtes enlevée.... Hélas ! mon cher ! j'ai bien des choses à vous dire ; venez chez moi, nous souperons ensemble. Elle me prend le bras, m'entraîne, et me voilà enlevé à mon tour.

Nous arrivons... La Femme-de-chambre attendoit à la porte : elle allume une bougie, et nous conduit au quatrième étage : nous entrons... Au quatrième !... j'imaginois être... mais quel fut ma surprise ! appartement en enfilade ; porte sur porte... meubles élégans ; glaces... et feu par-tout... Je vois une table dressée : beau linge ; argenterie complette... Lucile s'étoit apperçue de mon premier mouvement. Ce que vous voyez, me dit-elle, est un reste de ma petite fortune ; mais occupons-nous de choses plus intéressantes ; il faut renouveller notre ancienne connoissance : le châle tombe ; deux pommes d'amour se présentent, ma bouche les dé-

vore... Deux bras , non moins sé-
duisans , me pressent , et je tombe
entre ceux d'un voluptueux sopha
où mille baisers , tour à tour , enflamment et confondent nos âmes
dans l'extâse du plaisir.

Un verre d'excellent vin ranime
nos sens; l'appétit nous invite à
reprendre de nouvelles forces...
Lucile sonne , on apporte une vo-
laille , et nous nous mettons à
table.

Je brulois de savoir par quel
hazard je retrouvois , à Paris , mademoiselle Duclos , mon ancienne
Lucile , et ce qu'il lui étoit arrivé
depuis deux ans qu'elle avoit dis-
paru... Je vais , mon ami , me
dit-elle en pressant ma main , te
dire l'exacte vérité : sois aussi
loyal que je suis franche , et ne
te fâche pas.

Mon Père qui aimoit la chasse
comme gentilhomme de campagne,

y rencontra un jeune officier, le
fils d'un ancien ami, et l'invita à
souper... Son nom est Darmancourt, il avoit de ton air, ne
manquoit pas d'esprit, et me re-
garda de la manière la plus pas-
sionnée. J'avois beau baisser les
yeux, si je les relevois un instant
je rencontrois les siens. Il me dit
mille choses flatteuses, et trouva
le moment de me jurer un amour
éternel. Il devoit repartir inces-
samment pour Paris; mon père
lui fit promettre de venir passer
quelques jours avec nous : il pro-
mit, et revint deux jours après.
Je ne te dirai pas que j'en fus
fâchée : il te ressembloit ; je l'avois
regardé avec plaisir : je sentis que
je le revoyois avec joie. La journée fut satisfaisante pour moi.
Darmancourt fut aux petits soins,
et te rappella à mon imagination.
Après souper chacun monta dans

sa chambre ; je me retirai la dernière. Avant de me coucher, je
relus ta dernière lettre, elle me
sembla si tendre... J'en soupirai.
Je me mis au lit ; quel fut mon
étonnement ! Darmancourt étoit à
mes côtés. Je voulus crier.....
Qu'allez - vous faire, vous vous
perdez. Je résistai... mais peut-on
résister long-tems en pareil cas ?
Ton idée, ses carresses ; ah ! ma
raison étoit confondue........
Il vainquit. La faute faite, je la
vis toute entière ; je m'abandonnai
à la douleur. Un torrent de larmes
couloient de mes yeux ; vainement
il mit tout en usage pour me
consoler. Je me désespérois... Je
me voyois la fable du public, la
honte de ma famille, et peut-être
la victime de la colère paternelle.
Enfin, il épuisa toute sa rhétori-
que, et finit par me proposer de
m'emmener à Paris. Je saisis son

idée et J'acceptai. Darmancourt
en usa d'abord très-bien, mais il
n'étoit pas riche, et moins encore
délicat. Il parla de moi à son colonel. Un jour nous soupâmes ensemble, et mon indigne amant
s'étant retiré, me livra à lui. Je
n'eus pas à me plaindre du côté
de la générosité, même des com-
plaisances ; mais le volage après
mainte et mainte infidélités, m'a
quitté il y a six mois pour une
petite villageoise qu'il a enlevée
de la manière la plus infâme...
Depuis ce tems je vis sans regrets,
et avec économie, moyennant huit
cent livres de rentes, dont j'ai
hérité à la mort de mon père...
J'ai refusé nombre de soupirans,
grands prometteurs, dans l'espoir
de te retrouver un jour... Le ciel
exauce mes vœux... Je te revois et
je veux mourir dans tes bras...
En effet, elle ne tarda pas d'y

mourir une seconde fois... Je mou-
rus dans les siens ; et cette mort
réitérée pendant quelques mois,
nous fit goûter toutes les délices
de la vie.

Un jour que j'allois chez ma
charmante Maîtresse, je rencontrai
sur l'escalier une petite fille qui
pleuroit. Je lui demandai ce qu'elle
avoit, elle me répondit qu'elle avoit
faim. Je lui dis qu'il falloit demander
à sa Mère de quoi manger. « Ma
Mère, répliqua-t-elle, a faim aussi
bien que moi, nous n'avons point
de pain. » Cette réponse me péné-
tra ; j'entrai chez Mademoiselle
Duclos, et je lui fis part, le cœur
serré, de ce que je venois d'entendre. Mon récit la toucha ; ce jeune
enfant qu'elle connoissoit, demeuroit avec sa mère au sixième,
nous y montâmes. Dans un coin de
grenier étoit un réduit fait avec
de vieilles planches. La porte n'en

étoit pas fermée; pour tout meuble, nous y apperçumes un tas de paille brisée, un pot à l'eau dont les bords cassés, avoient été rejoints avec du fil d'archal, deux assietes, et un reste de plat: sur la paille, une femme à demi - couverte de haillons, relevoit péniblement sa tête, et s'appuyoit sur son coude pour nous considérer: ses yeux paroissoient desséchés; on voyoit la trace profonde de ses larmes le long de ses joues desséchées; sa peau jaune et livide, laissoit percer la forme de ses os, la petite fille remontée avant nous, couchée à ses pieds, appelloit en pleurant sa mère; elle ne lui répondoit pas; elle ne nous dit rien à nous - mêmes.

Au premier aspect de cette scène d'horreur, Mademoiselle Duclos fit un cri, elle vouloit parler à cette femme. « Mademoiselle, » lui dis-je, ce ne sont pas des con-

» solations , ce sont des secours
» qu'il faut ici. » Je vidai ma
bourse sur les genoux de la malheureuse à qui mon action ne fit
pas interrompre son silence, mais
sa poitrine se gonfla d'une manière
violente dont je craignis les suites :
je pris la main de Mademoiselle
Duclos; nous redescendîmes ; et
elle donna des ordres pressans à
ses gens , pour le soulagement de
ces déplorables victimes de l'indi-
gence. Ils trouvèrent la Mère ver-
sant un torrent de larmes, et l'enfant qui tâchoit de les essuyer ,
ils leur firent prendre quelques
gouttes de vin à l'une et à l'autre ,
et ensuite un peu de bouillon , et
quand ces estomachs furent ac-
coutumés au liquide , on leur
donna d'autres alimens , qui au
bout de quelques jours les rétabli-
rent tout-à-fait.

Lorsque je voyois Lucile , je

m'informois de cette pauvre famille. Une fois elle ne m'en donna pas d'autres nouvelles que de l'envoyer chercher. La Mère vint, qui me remercia avec beaucoup de décence, et qui sur la première question que je lui fis, me conta son Histoire.

Elle étoit née à vingt ou vingt-cinq lieues de Paris. Son Père et sa Mère, morts presqu'en même tems, l'avoient laissée orpheline dès l'âge de quatorze ans. Une de ses Tantes, l'appella dans la Capitale, où elle demeuroit, et la plaça auprès d'une Dame dans l'année de son arrivée. Jeune et jolie, le fils de cette Dame en étoit devenu amoureux. Ses transports, ses présens, la perspective d'une voiture et d'une belle maison, l'avoient déterminée à l'écouter. Dix-huit mois de jouissance, firent de son Amant un inconstant qui

l'abandonna. Il eut des successeurs,
le dernier chéri tendrement, étoit
mort depuis huit ans, lui laissant
une fille et une pension par son
testament. Des Parens avoient attaqué cet acte, qui fut cassé, et la
ressource du travail lui resta seule
pour vivre. Elle en avoit subsisté
trois ans, comme elle avoit pu
avec son enfant; mais une maladie
longue et sérieuse, ayant consumé
tout son avoir; dans sa convales-
cence, elle avoit été obligée de
vendre pièce à pièce tous ses meubles; bientôt elle s'étoit trouvée
réduite à la plus cruelle extrémité.
Quelques personnes de sa connoissance, à qui elle avoit fait écrire,
n'avoient pas répondu; se voyant
sur le point de manquer de pain,
elle avoit eu le courage de s'en pas·
ser trois jours pour le réserver à
sa fille, c'étoit dans le moment où
il lui manquoit entièrement, que

nous l'avions si généreusement as-
sistée. Ainsi, ajouta-t-elle, votre
bienfait si essentiel par lui-même,
devient d'un prix infini pour moi,
dans cette circonstance, et sera
toujours au-dessus de tout ce que
je pourrois entreprendre pour vous
témoigner ma reconnoissance.

Je louai beaucoup sa piété ma-
ternelle, et pour lui en témoigner
ma satisfaction, je la priai d'accepter
un louis par mois, et le paiement
de son loyer.... Il faut que les
actes d'humanité soient bien rares
dans notre siècle: elle crut rêver
en m'écoutant.... Je lui expédiai
un mandat sur mon homme d'affaires, et convaincue de la réalité,
elle se retira en m'exprimant sa
sensibilité avec le plus vif enthou-
siasme.

Contens mon amie et moi, de la
bonne action que nous venions de
faire, nous nous livrâmes à la

gaîté. . . Lucile avoit en cave,
d'excellent vin de champagne
dont son colonel lui avoit fait ca-
deau : il en restoit deux bouteilles,
nous fîmes sauter le bouchon, et
nous n'en laissâmes pas une goutte.
Nos têtes échauffées s'exaltèrent
en folies; jeux de mots, épigram-
mes, sarcasmes, rien ne fut épar-
gné. Cela devint sérieux : Lucile
fière et violente, des reproches
elle en vint aux menaces : je la
défiai, enfin elle me jetta sa four-
chette à la figure.... J'approchai de
la sienne, un flambeau qui mit le
feu à ses cheveux, et l'enragée au
lieu de l'éteindre, se mit à la
fenêtre en criant à l'assassin. . .
Ses cris me rendirent mon sang
froid, et je sortis de la maison en
faisant serment de n'y pas remettre
les pieds.

Le lendemain, j'allai pour me
dissiper au Palais-Royal, bien cer-

tain de n'y pas rencontrer Lucile,
dans l'état ou j'avois reduit sa belle
chevelure ; encore moins pensois-
je y faire, ce même jour, une nouvelle conquête. ... absorbé dans
mes rêveries, je voyois tout et ne
voyois rien ; mais je sentis une
main qui serroit fortement la
mienne. « Oh, parbleu ! me dit-on,
vous ne nous marcherez pas sur le
corps sans nous regarder.... c'étoit
un ancien camarade de collège,
nommé Verteuil, donnant le bras
à une jeune personne dont les
graces augmentèrent ma surprise. »
Eh ! mon pauvre Durville, d'où
vient cette sombre mélancolie,
vous que j'ai connu si espiégle ?

« Je ne sais ce que je lui répondis dans le trouble où j'étois »
c'estincroyable, continua Verteuil,
comment, dans un pays délicieux
où les dissipations, la variété des
plaisirs.. Ah ! mon cher camarade

je veux vous rendre votre ancienne
gaîté: voici ma sœur qui chante et
pince de la harpe; moi j'accompa-
gne sur le violon: ne jouez-vous
pas aussi de quelque instrument ?
Pour m'amuser, lui dis-je, souvent
j'exerce mes doigts sur la flute....
— Bon, tant mieux; mon Père et
ma Mère aiment beaucoup la musi-
que; nous faisons de petits concerts,
il faut que vous soyez des nôtres;
bien volontiers, lui dis-je, en
regardant sa charmante sœur, si
madame veut bien me le permettre.
Elle me répondit les choses les
plus flatteuses, nous fîmes un tour
de Jardin : Verteuil me donna son
adresse ; il rencontra plusieurs
musiciens de ses amis; voilà, me
dit-il, notre agréable société ;
vous en augmenterez le nombre:
nous nous rassemblons deux fois la
semaine, à six heures, c'est demain jour; vous viendrez, n'est-ce

pas, mon camarade? Ces messieurs me firent de vives sollicitations ; je promis et je n'eus garde d'y manquer.

Le lendemain, je me rendis à l'heure, mon ami me présenta a Monsieur et Madame Verteuil : les musiciens que j'avois vus au Palais-Royal, me comblèrent d'honnétetés ; Mademoiselle Verteuil me favorisa d'un sourire, et me voilà installé dans un nouveau temple de volupté.

Monsieur et Madame Verteuil habitués à me recevoir comme intime ami de leur fils, m'invitèrent à venir dîner familièrement ; j'en profitai avec empressement pour me lier avec leur charmante fille à qui ma flute ne paroissoit pas indifférente.

Un beau jour que j'allois voir mon ami, comme la chambre de sa sœur étoit près de la sienne, j'y entrai. Mon dessein étoit d'y faire

quelques plaisanteries ; mais que je
changeai bien de ton ! Couchée
nonchalamment dans un fauteuil,
mademoiselle Verteuil dormoit
profondément. Son sein découvert
offroit à mes yeux deux globes
charmans , que l'amour lui-même
se fut fait gloire d'avoir arrondi.
Que devins-je à cet aspect ! mes
regards, fixés sur cette gorge di-
vine , épioient avec ardeur l'instant
où la respiration la dégageoit
davantage : qu'elle me parut belle !
Le sommeil qui donnoit à son
teint un air reposé et de plus vives
nuances, un jour obscur, un air
chaud, tout sembloit concourir à
célébrer la volupté : je demeurai
plus d'un quart-d'heure à la considérer, et pouvant à peine retenir
des transports qui me précipitoient
à ses pieds, je m'arrachai d'un
endroit, où j'aurois voulu passer
toute ma vie.

Je m'éloignois vainement; mon imagination trop fidelle, me retraçoit sans cesse ce sein d'albâtre que j'avois pu admirer à mon aise; je le voyois dans mes songes, et mes songes m'occupoient toute la journée. Que n'aurois-je pas donné pour pouvoir encore une fois le contempler! A quoi ne me serois-je pas exposé pour y appliquer mes lèvres brûlantes! Cette idée me transportoit hors de moi-même; j'allois fréquemment chez madame Verteuil, mais ce n'étoit plus pour y voir son fils.

La charmante sœur paroissoit sensible à mes assiduités. Son maintien, qui d'abord réservé, se déridoit tous les jours ; et je voyois ses regards s'éclaircir : sa présence faisoit toujours le même effet sur mon cœur, il se dilatoit à sa vue, mon teint s'animoit, et mes yeux, avides de tous ses mouvemens,

n'en laissoient échapper aucun.
Cette inquiétude ardente , bien
plus clairvoyante que la curiosité ,
me fit faire une découverte qui me
déplut; son maître de harpe, fort
assidu , étoit un jeune gaillard de
bonne mine , et je crus avoir surpris entr'eux un coup d'œil d'in-
telligence qui me désespéra : en
vain fis-je mon possible pour en perdre la pensée; en vain voulus-je par
de beaux raisonnemens me convaincre que je me tourmentois
par une observation chimérique :
ce maudit regard me tourmentoit
toujours ; je sentois que moi-même
eussai-je fait des vœux, je les aurois compté pour rien près de
mademoiselle Verteuil. Je devins
sombre , rêveur; mon maintien
changea visiblement : mademoiselle Verteuil s'en apperçut . et cela ne servit pas peu à accélérer
mes affaires,

Elle s'attendoit chaque jour, car chaque jour elle m'en donnoit l'occasion, à une déclaration de ma part; mais un de ces beaux soirs du commencement de septembre, où la vapeur blanchâtre qui se répand dans les airs, semble y faire nager le plaisir, assis dans la cour de la maison de madame Verteuil, j'attendois avec impatience que l'objet de mes vœux y parût, elle vint; je volai vers elle, et retournant à la place que j'avois quittée, je m'assis le premier, et l'attirai doucement sur mes genoux; quel instant! mon cœur palpitoit avec une violence extrême; je la serrois dans mes bras avec un transport dont je n'étois plus le maître, lorsque faisant un effort pour se débarasser : « Laissez-moi, me dit-elle, je ne veux pas paroître nourrir un amour dont je ne puis plus douter.

Je suis donc au comble du malheur, lui répondis-je, oui, oh !
oui, je vous aime, mais pardon-
nez un aveu que vous m'arrachez
et que toute l'ardeur d'une passion
extrême..... Et quel est votre espoir ? me dit-elle en m'interrom-
pant, à quoi songez-vous en m'ai-
mant ? sommes-nous faits l'un pour
l'autre ? pensez-vous donc qu'aux
dépens de ma vertu je veuille jamais..... Ah ! ne m'accablez pas,
repris-je, en mouillant de mes
larmes une de ses mains qu'elle
m'abandonna, ma conduite mé-
rite-t-elle des reproches ? Je voulois vous cacher mes sentimens ;
plaignez-moi, puisque vous les
désaprouvés ; vous m'allez fuir,
vous le devez, et que ne puis-je
n'en pas murmurer. Je colai ma
bouche sur une de ses mains, en
attendant sa réponse. Ah ! laissez,
me dit-elle en la retirant, vous
abúsez

abusez.... Non... il ne faut plus nous voir, nous ferions mutuellement notre malheur. »

Les mesures qu'elle me proposa pour que sans affectation nous pussions parvenir à nous voir moins souvent d'abord, et point du tout ensuite, me parurent si justes que je n'osai pas même les combattre. Je la quittai dans le dessein de suivre ses conseils, si chagrin, que je ne pus fermer l'œil de la nuit. Je me levai, toujours occupé de cette cruelle résolution ; mais comme poussé par une force inconnue, mes premiers pas se portèrent sans réflexion vers ce même objet que je me promettois tant de ne voir jamais ; cependant l'idée fatale que j'agissois contre le parti que j'avois pris intérieurement, et dont, malgré mes efforts je ne pus me distraire assez long-tems, me ramena de la moi-

B

tié du chemin. Je rentrai déterminé à ne pas sortir de la journée,
et je me tins parole.

A peine fus-je dans mon asile,
que mille pensées se croisèrent
dans mon esprit. Le contour en-
chanteur de cette gorge charmante, tableau toujours répété et
toujours nouveau pour mon cœur,
ces yeux si tendres et si pleins de
feu; le doux charme de cette voix
sonore, dont la moindre inflexion
jettoit le désordre dans mon ame;
ces images m'agitoient avec tant
de violence, que je fus vingt fois
sur le point de rompre mes sermens. J'avois besoin de toute ma
force pour résister au tourbillon
qui m'entraînoit; et me trompant
moi-même, je regardois, du moins
avec avidité, par une fenêtre d'où
je découvrois les siennes. Ne l'appercevant point, je retournois à
mon imagination. Qu'il sera for-

tuné ; m'écriai-je, l'heureux mortel
qui pourra la posséder ! Je me rap-
pellois cet instant d'attendrissement pendant lequel elle m'avoit
abandonné sa main ; je me flattois
de pouvoir lui faire changer la loi
cruelle qu'elle m'avoit imposée,
lorsque mes réflexions, gagnant
pays, me la représentèrent entre
les bras du harpiste : Ah ! dis-je,
il n'y faut plus penser, elle l'aime,
ils s'adorent, et peut être tout ce
qu'elle m'a dit n'est-il que pour
écarter un témoin incommode.
Dans cet instant peut-être goû-
tent-ils ensemble toutes les délices
de l'amour. Cette idée fit couler
le poison dans mes veines. Je ne
dinai point, je soupai peu, je me
couchai sans attendre le sommeil ;
mais je m'endormis enfin, et si
profondément, que je ne me réveil-
lai le lendemain que fort tard.

Je n'avois pas laissé de faire

d'assez jolis rêves, et je m'en en-
tretenois, lorsque mon ami entra
dans ma chambre ; il commença
par badiner sur ma paresse ; et
finit par me dire que sa sœur
l'avoit chargé de venir me prendre
pour aller ensemble à leur campagne : ma toillette ne fut pas
longue. Je le suivis, et j'abordai
sa sœur avec un air d'embarras,
dont heureusement personne ne
s'apperçut qu'elle. Nous déjeu-
nâmes et nous partîmes.

Mon ami s'étoit emparé d'un
fusil ; pendant le chemin il vit
quelques beccaligues ; il s'éloigna
pour les tirer, et nous restâmes
seuls. Je serrois tendrement contre
mon sein le bras de mademoiselle
Verteuil, qu'elle avoit passé dans
le mien ; et j'attendois, les yeux
baissés qu'elle daignât entamer la
conversation. Nous marchâmes
quelques tems en silence : elle le

rompit enfin. « On ne vous a point vu d'hier... — Non, je n'ai pas cru devoir.... Ah ! je suis trop heureux. Vous vous êtes apperçue de mon absence. Que ne puis-je... moi ? et pourquoi voulez-vous que... Non, reprit-elle après m'avoir regardé d'un air touchant, nous ne sommes pas nés l'un pour l'autre. » Son frère nous joignit alors, et la conversation devint générale, à mon grand regret.

Arrivés, nous cueillîmes des pêches, des noix, et mademoiselle Verteuil ayant témoigné avoir envie de manger du raisin, je me disposai à aller lui couper du muscat, qui étoit au haut de la vigne. J'y demeurai quelques tems, ne trouvant pas d'abord les ceps que je cherchois, et lorsque je descendis, j'apperçus mademoiselle Vertueil, qui marchoit seule vers un petit chemin. Je me hâtai de la

B 3

joindre, elle me dit que son frère étoit
allé sur les bord de l'étang, dans
l'espérance de faire léver quelques
sarcelles ou quelques poules d'eau,
et que nous l'attendrions à l'ombre.

En entrant dans cette espèce de
bosquet, je sentis un doux frémis-
sement ; je regardois mademoiselle
Verteuil, elle vit dans mes yeux
tout ce qui se passoit dans mon
ame. Ce fut dans un endroit un
peu sombre et où le gazon formoit un
petit amphithéâtre qu'elle voulut
s'asseoir ; je m'assis auprès d'elle
un peu plus haut cependant ; je lui
parlois peu et sans beaucoup de
suite, elle reposa sa tête sur un de
mes bras ; je voyois sa respiration
se presser, ses couleurs devenoient
plus vives : nous étions tombé
dans le silence. J'avois feint de
placer plus commodément ma
main sous sa tête, elle s'égaroit
doucement sous son mouchoir, et

mon cœur sembloit prêt à se liqué-
fier à l'instant où j'atteindrois à ce
but tant desiré, lorsqu'elle l'arrêta
cette main, et la porta sur sa bouche. Que devins-je alors, un feu
brûlant se glisse dans mes veines,
j'usai du privilège accordé à ma
main; un premier baiser fut suivi
d'une foule d'autres. Qu'elle sut me
les rendre délicieux ! Mon ame
errante sur mes lèvres s'ennivroit
de volupté, et ma main qui n'avoit
plus rencontré d'obstacles, pressoit
délicieusement ce sein délicat qui
m'étoit enfin abandonné. J'y portai
ma bouche enflammée; ah ! dieux,
le salpêtre ne s'embrâse pas aussi
promptement : étoit-ce la sympa-
thie ? ses yeux se fermèrent en
même-tems et ses soupirs précipi-
tés se mêlèrent aux miens. Dans
quel torrent de plaisirs me trouvai-
je plongé ! La volupté m'avoit péné-
tré; je la savourois ; heureux mo-

ment, tu seras toujours pour moi
une source féconde de sensations
délicieuses.

Cet état charmant auroit fini
sans doute, mais il auroit duré
trop long-tems s'il eut dû sa fin à
la nature, il étoit trop parfait. Un
des chiens de mon ami vint nous en
tirer sa sœur et moi; son maître
n'étoit pas loin: nous nous levâmes
tous les deux et nous fûmes à sa
rencontre.

Je n'ai jamais fait de plus agréable promenade que ce jour. Nous
reprîmes le chemin de la maison,
elle s'appuyoit sur son frère et sur
moi, j'avois sa main dans une
des miennes, je la lui serrois de
tems en tems, et ses regards me
parcouroient avec complaisance.
Nous nous quittâmes.

Je devois applaudir à ma bonne
fortune, après des progrès aussi
marqués, je pouvois sans témérité

porter loin l'espérance. Ausssi le
lendemain, dès que l'heure où je
devois la rencontrer, fut arrivée,
je volai chez elle; on me dit qu'elle
étoit sortie. J'y retournai l'après dîner, elle étoit allée se promener avec
une cousine et le maître de harpe.
Cette nouvelle me détermina à
courir sur leurs traces; mais je ne
pus jamais les rencontrer. Pendant
quatre jours je fis de vains efforts
pour pouvoir la voir seule un instant, elle en éloigna toutes les
occasions, et quand j'étois avec
elle en compagnie, elle gardoit un
air triste, affectant de ne jamais
jetter les yeux sur moi.

Ce manège, qui m'étoit une
énigme insoluble, me désespéroit;
l'ombre du bonheur que j'avois
embrassée, s'étoit évanouie entre
mes bras. Enfin ennuyé de faire
tant de pas inutiles, je résolus,
comptant peut-être que comme la

première fois mon absence me seroit de quelqu'utilité ; je résolus
dis-je , de passer quelques tems
sans la voir. Je ne réussis pas ;
voyant qu'au bout de trois jours
je n'en avoit point de nouvelles,
j'allai lûi faire une visite. Je fus
plus heureux cette fois-ci ; je la
trouvai seule. Elle se leva en me
voyant ; quel miracle vous amène,
me dit-elle, je vous ai cru ma-
lade ? Pouvez-vous, lui dis-je , en
la regardant tendrement , me de-
·mander ce que vous savez si bien,
votre indifférence m'avoit éloigné,
et mon amour me ramène malgré
moi, et malgré vous sans doute.
Ses yeux qu'elle avoit arrêté sur
moi , se baissèrent alors ; elle s'as-
sit ; je tenois une de ses mains;
je me mis à ses genoux pour goûter
à mon aise la douce satisfaction
de la couvrir de baisers. Ce fut
alors qu'elle reprit la parole. Je

ne pourrai donc plus vous regarder sans rougir ; j'ai perdu cette
pureté de vertu qui me répondoit
de votre estime. Ô ! vertu ! s'écria-
t-elle , qu'il en coûte pour te con-
server ! un moment , un moment
détruit les fruits d'une réserve
cruelle. Cette apostrophe , et quelques larmes que je crus apperce-
cevoir le long de ses joues , me
touchèrent sensiblement : j'ai le
cœur tendre.

J'essayai de la justifier à elle-
même : « De quoi donc êtes-vous
coupable : mon ardent amour vous
déshonore-t-il ? il égale votre mérite. Seriez-vous avilie par les lé-
gères marques que vous m'avez
données de votre sensibilité ? Il
est si beau de porter une ame
sensible. Concevez des idées plus
nobles d'un sentiment si pur ;
partagez-le plutôt ; vous verrez
qu'il est la source des plus doux

plaisirs. Et pouvez-vous douter que je ne les partage, me répliqua-t-elle ; oui, quoiqu'il m'en coûte à le dire, je ne puis plus le dissimuler, je vous aime ; mais, mon tendre ami, promettez-moi que satisfait de mon cœur, vous n'exigerez jamais autre chose, et que vous respecterez ma foiblesse. Je le promis : aurois-je cru qu'elle n'agissoit pas de bonne foi !

Elle me parut enchantée de ma promesse, un baiser scella notre raccommodement ; elle me fit lever de ses genoux, asseoir auprès d'elle, et bientôt il ne resta pas la moindre teinte de la tristesse du commencement de notre entretien.

La présence d'une Maîtresse adorée faisoit sur mes sens un trop puissant effet ; mes desirs se ranimèrent, je voulus rentrer dans mes droits ; mais pour n'avoir point observé

observé le moment favorable à ces sortes d'entreprises, je les perdis. Mademoiselle Verteuil réprima mon audace, et trop bien ; elle me reprocha un si prompt oubli de ma parole ; je prétendis en vain me disculper, elle voulut que je ne fusse justifié qu'à titre de pardon : elle le voulut, elle y perdit.

Je m'en tins désormais au baiser ; c'étoit en vain qu'elle s'évanouissoit dans mes bras, que son visage se coloroit d'un vermillon plus décidé, que ses yeux paroissoient s'éteindre, et que je savourois sur ses lèvres ce nectar précieux, avant-coureur de la volupté, je n'osois aller plus loin. Criblé de desirs, brûlé de feux, je résistois à mes transports.

Cependant Mademoiselle Verteuil se prêtoit avec grace à toutes les entrevues que je pouvois lui proposer ; mille baisers donnés et

Rencontres   6

mille fois rendus en étoient la suite;
je n'avois pas le courage de passer
outre. J'étois ce voyageur, qui
mourant de soif pendant les cha-
leurs de l'été, voit couler dans un
enclos le cristal limpide d'une fon-
taine. Je périssois , lorsqu'enfin
l'heureux instant arriva.

Le Mardi gras je vis Mademoiselle Verteuil; elle avoit été au
bal le jour précédent, et notre
conversation roula sur le plaisir
qu'on y goûte. Elle m'en fit une
description brillante et voluptueuse : je l'interrompois par de
fréquens baisers. J'essayai à la fin
de son discours, de me remettre en
possession de ces aimables collines,
dont la vue momentanée n'avoit
fait qu'irriter mes desirs, mais je
l'avois si fort accoutumée à mon
respect, qu'elle s'opposa à mes
premières tentatives. « Eh ! quoi
lui dis-je, en la regardant de l'air

le plus touchant , « ce que vous ac-
» cordez dans un bal aux regards
» d'une foule de spectateurs , vous
» le refuseriez au plus tendre de
» tous les hommes ? » Quelle in-
justice est la vôtre. Je ne sais si ce
furent mes paroles ou le ton que
je leur donnai qui la persuada , ou
si plutôt elle se lassoit de sa résistance ; car je n'avois pas perdu un
instant mon objet de vue : mais
enfin elle se laissa vaincre.

Je vis tout mon avantage, et je
résolus d'en profiter. Je me jettai
à ses genoux , et tenant mes lèvres
colées sur son sein : je m'apperçus
qu'elle partageoit le délire ou j'étois
tombé. Elle pencha la tête sur son
fauteuil, et l'hépithète de méchant
qu'elle me donna , en laissant tomber ses bras sur les miens , acheva
de me perdre. Je quittai la posture
où j'étois, et bientôt cueillant sur
sa bouche les faveurs que son sein

C 2

m'avoit prodiguées; je me vis au
comble du bonheur. La nature
libérale prolongeoit mes plaisirs;
mais quel fut mon étonnement,
lorsque Mademoiselle Verteuil qui
me paroissoit les partager, se dé-
barasse brusquement de mes bras,
et me fait les reproches les plus
amers. Je restai pétrifié: je voulus
vainement lui balbutier quelques
mots d'excuse; les paroles expirè-
rent dans ma bouche: je sortis sans
avoir pû lui répondre. Pendant
quelques jours elle fut inéxorable,
lorsque je parvenois à m'approcher
d'elle, sans paroître émue de mes
paroles: elle m'écoutoit en silence;
mon crime commençoit à me paroître grave, quand enfin elle
voulut bien se prêter à ma justifica-
tion. Qu'il est doux de se reconci-
lier avec une Amante que l'on
aime! Je crus la conquérir une
seconde fois. Peu de façons; je vis

ee, qui l'avoit mise en colère ;
une répétition de mon secret nous
mit l'un et l'autre à notre aise.
Quels heureux jours que ceux que
je passai depuis !

Mademoiselle Verteuil étoit si
voluptueuse, qu'elle en paroissoit
tendre, et cette volupté, on la
respiroit auprès d'elle. Je me la
rappelle dans ces momens si doux
se refusant à mes desirs, et sollicitant elle-même mes faveurs : je l'ai
vu résister à mon empressement,
m'animer par un souris, et se livrer
ensuite à mon ardeur avec toute la
vivacité possible : je l'ai vu me
prodiguer les témoignages les plus
passionnés de son amour, et m'accabler des plus tendres carresses :
toujours différente et toujours la
même ; toujours impregnée du
goût le plus vif pour les plaisirs,
je goûtois dans sa possession tous
les charmes du changement.

Je reçus de la province une lettre qui m'apprenoit la mort de mon oncle ; il s'agissoit d'une succession considérable, et j'en avois besoin : je me déterminai donc à quitter Mademoiselle Verteuil. Que de larmes coulèrent et se mêlèrent avant de nous séparer.... Combien de sermens de fidélité. (Sermens bien frivole!)

Pendant les premiers jours, je fis quelques visites... Ma tristesse n'étoit pas suspecte ; on me faisoit l'honneur d'en attribuer la cause à la perte de mon oncle... C'étoit à qui me procureroit les occasions de me dissiper. Enfin on me présenta dans la maison de Madame B... qui me reçut avec une politesse, même une distinction qui commencèrent à me consoler.

Madame B... avoit été très-bien, et n'étoit pas encore mal : elle avoit à la vérité perdu sa taille ; mais elle

avoit la main charmante et la gorge
d'une blancheur à éblouir. Cette
dernière espèce de beauté m'a
toujours trouvé très-sensible. Elle
m'invita gracieusement à venir lui
tenir compagnie pendant les après-
dîner , que je n'aurois pas destinés
à quelque amusement plus interres-
sant. Comme je lui répondis que je
ne voyois rien qui fût capable de
me dédommager du plaisir que
j'aurois auprès d'elle ; elle m'invita
à revenir le lendemain, et je l'assurai qu'elle me prévenoit sur la
permission que j'allois lui en demander. Nous la quittâmes assez tard ;
elle m'embrassa en sortant , et j'eus
l'audace de me servir de la méthode
charmante que la nature et la
Verteuil m'avoient si bien apprise,
elle ne m'en parut pas autrement
scandalisée.

J'attendis, avec une sorte d'impatience, l'heure fixée ; elle vint :

C 4

je courus où je croyois que m'appelloit le plaisir. Je trouvai Madame B... dans un négligé piquant,
l'art n'y paroissoit point; ses cheveux arrangés à l'air de son visage,
lui prêtoient presque la fraîcheur
de la jeunesse.

La position où elle se trouvoit,
lui étoit très-avantageuse; de sorte
qu'elle se leva nonchalament; mais
avec un désordre... Oh! mon compliment m'échappa; à peine lui fis-
je une très-gauche révérence, car
je ne savois ce que je faisois.

Madame B... s'en apperçut bien;
mais mon trouble la flattoit trop
pour qu'elle ne l'excusât pas. Elle
me prit par la main, et me la serrant doucement, elle me fit asseoir
auprès d'elle. Je voulus rassurer
ma contenance et la regarder: mes
regards s'arrêtèrent sur son sein;
et mes idées se confondant de plus

en plus, je rougissois, je pâlissois, et je ne disois mot.

La conversation ne prenoit pas un tour à devenir brillante, et je doute que j'eusse parlé de moi-même, si Madame B... ne m'eût enfin adressé la parole. « Je me » veux mal de vous avoir engagé à » venir me voir: vous vous ennuyez. » Moi, Madame, repris-je avec » feu; pouvez-vous me traiter » aussi injustement, et peut-il » naître auprès de vous l'ennui? » Non, vous inspirez de plus doux » sentimens; et..... hé bien, vous » en restez-là, quels sont donc ces » sentimens que j'inspire, me dit- » elle, que pensez-vous donc? quoi» vous me refusez, reprit-elle encore d'un ton persuasif, voyant que je ne répondois pas. « Ah! Madame, », ne me pressez point, que sais-je, si » l'aveu de mes sentimens vous se-

C 5

» roit agréable ; et puis, lui dis-je,
» pourrois-je vous exprimer ce que
» je ressens ? Je me tus. » Le pauvre
enfant, dit Madame B... en badi-
nant avec mes cheveux ; mais savez-
vous que vous êtes un petit fripon ;
j'avois dessein hier de vous gron-
der : aujourd'hui vous avez été
sage.

Je sentis que ses applaudisse-
mens étoient des reproches ; je ne
l'avois point embrassée : je voulus
réparer ma faute. Elle s'y opposa
foiblement : que dis-je ? elle s'y
prêta ; et ensuite ? Oh ! bientôt je
ne me souvins plus de Mademoiselle.
Verteuil, ou si son image vint se
retracer dans mon imagination,
elle ne servit qu'à me faire plus
amplement violer tous les sèrmens
que je lui avois fait. Nous n'eûmes
ce jour-là, Madame B... ni moi, le
loisir de nous ennuyer.

Je revins chez mon père ivre de

plaisirs ; le feu de la volupté avoit animé mon teint ; mes desirs satisfaits sembloient se repeindre avec plus d'avantage dans mes regards : jamais je ne me suis senti plus d'ardeur.

Je vis en entrant chez nous une jeune voisine qui étoit venu voir ma sœur ; un air d'innocence , que son âge, qui ne paroissoit pas plus de dix-sept ans , faisoit trouver vraisemblable ; un sourire ingénu et des regards timides , m'engagèrent à lui dire ce que mon imagination échauffée pût me fournir de plus flatteur : elle paroissoit craindre de prendre plaisir à m'écouter : elle feignoit de ne point m'entendre ; mais une aimable rougeur qui coloroit alors ses joues , la décéloit malgré ses précautions. Je l'accompagnai jusque chez elle ; je lui demandai la permission de l'embrasser : elle ne voulut pas me

C 6

l'accorder; je tenois sa main; il fallut me contenter d'y appliquer mes lèvres dans l'instant où elle la retiroit; me trompois-je? Je crus l'entendre soupirer.

Occupé de Madame B... je retournai chez elle le lendemain, le sur-lendemain... Je ne paroissois presque pas chez nous. Madame B... m'avoit donné la clef d'une porte de derrière qui donnoit dans un jardin : je pouvois aller la voir quand je le voulois : point de prélude, l'amour tenoit toutes prêtes les couronnes dont il ceignoit nos fronts. Madame B... étoit pressée de jouir.

Elle me dit un jour qu'on l'avoit engagée à partir pour la campagne, mais que son voyage seroit court. Que huit jours sans moi lui paroîtroient trop longs; et qu'elle ne partiroit que le jour suivant : j'employai toute mon éloquence pour la remercier ; quel plaisir d'avoir de semblables obligations ! Le tour que je donnai à mon compliment toucha Madame B... Nos adieux furent des plus tendres.

Quoique le besoin, plutôt que l'amour, m'eût attaché à Madame B... son absence ne laissoit pas de me faire un vuide désagréable. Je m'avisai par un motif de galanterie espagnole d'aller me promener dans son jardin. En m'avançant vers un cabinet de verdure, je crus entendre sa voix, j'en tressaillis ; je me félicitois déjà de mon bonheur ; je m'approchai : Chevalier, disoit-elle, car je ne m'étois pas trompé ; « vos frivoles excuses » vous condamnent encore, je » prodigue tout à un ingrat qui me » trahit, et pour qui peut-être. » Ah! ma chère Maman, répondoit une voix que je ne connoissois pas. » Quels reproches vous me faites !

» manquai-je à tous les rendez-
» vous que vous me donnez? Il est
» vrai que je ne vous arrache pas
» vos faveurs; mais l'amour n'exige-
» t-il pas une entière liberté? Je
» vous vois rarement; puis-je
» pourrir ignoblement dans mon
» appartement, en attendant le
» moment de vous ennuyer dans le
» vôtre? D'ailleurs, comment
» manquer des parties arrangées,
» et dont on me met quelquefois
» malgré moi? Je vous trahis?
» moi? Je serois puni par mon
» crime même.

Ce discours que j'entendis très-
distinctement me rendit curieux;
j'écartai quelques feuilles, et j'apperçus Madame B... assise sur un
banc de gazon, le Chevalier étoit
sur un de ses genoux, il avoit la
main dans le sein de Madame B...
qui de son côte........... Je fus si
ému à cet aspect, que faisant du

bruit pour me dégager, je donnai le tems à Madame B... et à mon Rival de se remettre. Je tournai vers la porte du cabinet, et m'avançant vers Madame B... Je lui présentai sa clef; Madame, lui dis-je, « elle m'est inutile pour sortir ». Madame B... me parut surprise au dernier point : elle ne me répondit pas : je sortis, et ne l'ai pas revue depuis.

Mon amour-propre mortifié me fit supporter cette trahison avec un chagrin extrême ; je restai chez nous tout ce jour, et le suivant où j'étois dans la même résolution, m'y confirma encore. Je lisois dans la chambre de ma sœur, lorsque notre jeune voisine entra : Je quittai mon livre promptement, et lui présentant un fauteuil, je l'y fis asseoir avec un empressement dont elle rougit je la trouvai charmante, et je m'étonnai de l'avoir si

peu remarquée la première fois
que je l'avois vue.

Elle me demanda par quel
hasard on me rencontroit à la
maison, sa demande m'embarrassa;
mais aidé par ma sœur, je me remis
et nous jasâmes bientôt à qui mieux
mieux.

Il y avoit à peine une heure que
la belle Saint-Val étoit avec nous,
qu'elle se disposa à nous quitter;
je fis mes efforts pour la retenir ou
pour l'accompagner: elle refusa
l'un et l'autre, et sortit en disant
quelques mots à l'oreille de ma
sœur.

Il fallut peu presser ma sœur
pour en obtenir le secret de sa
compagne. Les femmes ne sont
discrettes que sur ce qui les re-
garde personnellement. Elle m'ap-
prit que Mademoiselle Saint-Val
alloit se marier, que son prétendu
devoit la venir prendre avec sa

mère, pour les conduire dans une
maison de plaisance aux environs
de la Ville. Je lui demandai son
nom ; elle me dit qu'il s'appelloit
Darcy, et que Mademoiselle
Saint-Val ne l'aimoit pas. Je n'eus
pas de peine à le croire. En effet,
M. Darcy étoit un grand homme
sec, vieux, dégoûtant, ladre et
quinteux ; pouvoit-elle aimer un
pareil animal ? Il étoit riche, à la
vérité ; mais cette qualité peut-elle
suppléer à celles qui manquent
d'ailleurs ?

Ma sœur me dit encore qu'elle
étoit fort liée avec Mademoiselle
Saint-Val qui venoit la voir régulièrement tous les jours : je feignis
de prendre peu de part à ces nouvelles ; mais qu'il s'en falloit que
j'y fusse indifférent !

Ce commencement de passion
avoit aisément effacé Madame B...
de mon cœur.

La belle Saint-Val vint le lendemain ; je la regardai tendrement ;
je parlai sentiment, amour pur,
fadeurs, langage de Roman, et à
la fin de la visite, qui fut longue,
j'étois en possession de lui serrer
la main sans qu'elle s'en défendît.
C'étoit d'un excellent augure ; elle
me permit de la reconduire, et je
ne perdis pas mon tems : j'étois
presque amoureux, il me fut aisé
de jouer le passionné. Je conçus le
projet de faire une Lettre que je
lui remettrois le lendemain. la
voici :

MADEMOISELLE,

« Je serois bien malheureux,
si en vous disant que je vous aime
je vous apprenois une nouvelle.
Vous êtes trop pénétrante pour
n'avoir pas lu dans mes yeux l'ardeur qui me consume ; je vous
adore, je ne puis plus le taire. Ce

libre aveu va vous irriter, je le sens ; mais il m'est aussi impossible de résister à la violence de ma passion, que de modérer mon désespoir si vous devez y rester insensible. »

Le lendemain je lui donnai donc cette Lettre ; et pour qu'elle ne fit pas difficulté de la recevoir, je la lui donnai comme une chanson dont je la priois de me dire son sentiment. Elle ne s'y trompa pas, elle rougit en la prenant ; et sa main tremblante se déroba à la mienne qui vouloit la serrer.

Le reste du jour et la nuit qui le suivit me parut d'une longueur effroyable. J'étois sur les épines une heure avant celle où elle arrivoit ordinairement. Je craignois que ma démarche ne l'eût éloignée pour quelque tems, pour toujours peut-être. Je me promenois à grands pas dans la chambre de ma sœur qui

étoit sortie , lorsqu'elle vint enfin
avec ma sœur elle - même , qui , en
passant l'avoit été prendre chez sa
mère.

Sa vue me rassura ; elle paroissoit changée ; ses couleurs étoient
moins vives , et ses yeux étoient
remplis d'une douce langueur. Je
m'informai de sa santé du ton le
plus affectueux , elle ne me répondit rien ; mais quelques tems après,
pendant que ma sœur étoit occupée
à faire quelque chose , elle me re-
mit d'une main timide un papier,
que je jugeai bien contenir une
réponse à ma chanson prétendue :
je le pris avec empressement, et
sous je ne sais quel prétexte je
sortis pour le lire. Le billet étoit
conçue en ces termes :

« J'ai reçu votre Lettre , et je
vous fais réponse ; c'est bien moi
qui suis malheureuse. Il est vrai ,
je me suis apperçue de votre ten-

dresse, et vous même avez bien connu que je n'y étois pas insensible, autrement vous n'auriez pas osé me la découvrir. Je vais devenir la femme d'un autre; il ne me restera que le chagrin de vous avoir vu. Que ne puis-je vous oublier ! »

Je retournai chez ma sœur; Mademoiselle Saint-Val en étoit partie. Depuis nous nous écrivions régulièrement tous les jours. Comme sa mère lui permettoit de venir passer les après-dîner chez nous, le soir je l'accompagnois, et je profitois de ce tems pour lui parler de mon amour.

Après plusieurs instances j'obtins la liberté de monter avec elle dans sa chambre. L'aimable Saint-Val me souffroit à ses genoux; ses mains étoient en proie à mes transports; sa bouche, son sein... je touchois sans doute au moment heureux, lorsque nous entendîmes frapper à la porte.

Je me jettai dans un cabinet de toilette. Elle ouvrit, et nous vîmes entrer sa mère et le maussade Darcy, son prétendu. On la gronda de ce qu'elle s'enfermoit ainsi seule. Saint-Val, en se remettant sur son lit, s'excusa sur une migraine affreuse. La mère et le futur dissertèrent sur la nature et sur la cause de cette maladie; et pendant que Darcy jugeoit à son pouls, qu'il trouvoit extrêmement ému, qu'elle avoit une fièvre violente, sa mère, je ne sais par quel hasard, vint me découvrir. Quel fut son étonnement! Elle voulut s'écrier, et les sons semblèrent se refuser à ses efforts: pâle de colère, elle sortit sans rien dire, emmena mon indigne rival, et ferma la porte dont elle emporta la clef.

Je m'approchai de Saint-Val,

me doutant bien que je ne reste-
rois pas long-tems seul avec elle :
ma chère Maîtresse étoit évanouie:
je fis mes efforts pour la faire revenir ; mais avant que j'eusse pu
réussir, sa mère reparut. « Ah !
» Madame, lui dis-je, en me jet-
» tant à ses genoux, secourez Ma-
» demoiselle votre fille. Si vous
» avez quelques reproches à faire,
» c'est à moi que vous devez les
» addresser, elle n'en mérite au-
» cun. Sortez, Monsieur, répon-
» dit-elle d'un ton aigre, sortez,
» et n'achevez pas de la déshonorer.
» Qu'aurois-je pû faire ? je sortis. »

Vainement tentai-je de revoir
ma chère Saint-Val, toute espèce
d'accès me fut interdit auprès
d'elle ; ma sœur même ne put
l'entretenir ; et huit jours après je
sus qu'elle étoit Madame Darcy.

Je fus si vivement affecté de cette
catastrophe que je tombai dans une

mélancolie qui altéroit ma santé.

Un matin mon domestique vint
me dire qu'une femme de certain
âge demandoit à me parler, j'allai
au devant... c'étoit cette malheureuse mère de famille que j'avois
connu chez Lucile et à qui je faisois
payer une petite pension. A son
abord je sentis un mouvement in-
térieur dont je ne fus pas le maître et
qu'elle prit sans doute pour un
ton de fierté; pardon, Monsieur
me dit-elle, je suis pénétrée de
toutes vos bontés et je ne viens
pas en abuser. Je lui demandai
quel pouvoit être le motif qui me
procuroit le plaisir de la voir, elle
me dit que la tristesse et le désespoir de Mademoiselle Duclos dont
elle avoit été témoin, la pitié
qu'elle lui inspiroit et sa générosité
à son égard qu'elle n'oublieroit
de sa vie, l'avoient fait hasarder à
me venir parler, qu'elle me conju-
roit

roit de la revoir, et de renouer
avec elle, puisqu'au fond, une
extravagance amoureuse portoit
son excuse auprès d'un Amant. Je
lui dis que ma résolution étoit
prise de rompre cette liaison sans
retour ; que je connoissois mieux
qu'elle le caractère de cette Demoiselle, et que j'étois sûr de son
inclination à se consoler d'un
chagrin tel que celui que mon absence pouvoit lui causer. J'eus soin
de m'informer si mon homme d'affaire lui payoit exactement sa petite
pension ; elle ne me fit qu'un signe
en me serrant la main : je saisis la
sienne et j'y glissai un louis. . . . .
Jamais, non jamais je ne vis la
reconnoissance exprimée d'une
manière aussi touchante : elle se
rétira en sanglotant.

Quelque tems après, faisant mon
tour de Palais-Royal, je rencontrai Mademoiselle Saint-Val, de-

D

venue Madame Darcy : elle étoit assise près du Cirque, ayant ses pieds sur une chaise, qu'elle m'offrit avec toute l'honnêteté possible. A peine fus-je assis qu'elle me demanda des nouvelles de toute ma famille : je répondis à ses questions, et mes réponses ayant eu le bonheur de plaire à M. Darcy, qui étoit avec elle, il m'invita gracieusement à profiter de l'agrément d'une société peu nombreuse, à la vérité, mais qui valoit bien mieux qu'une grande, par la manière dont elle étoit composée. Un coup d'œil, dont Madame Darcy appuya l'invitation de son mari, contribua plus à me déterminer que ce vain bavardage.

J'y fus le jour suivant de fort bonne heure. On sortoit de table. Son mari, avec le Marquis Dossan, faisoit une partie de trictrac; appuyée sur un balcon elle re-

gardoit dans le jardin. Les premiers complimens faits, je me
plaçai à côté d'elle. « Je vous sais
bon gré de votre exactitude. Jouez-
vous... Non Madame, je me
reprocherois d'employer si mal les
momens que le sort me permet de
passer près de vous... Comment,
vous vous souvenez encore ?.. — De
ce que vous avez oubliez ? Oui
Madame, mon cœur conserve pré-
cieusement... — Quoi tout de bon ?
Mais, tenez, parlons d'autre
chose... Voilà M. l'Abbé qui vient,
nous allons jouer une partie.. — Je
vous demande pardon, Madame,
j'imaginois vous dire quelque chose
d'intéressant. — Venez, l'Abbé, dit-
elle, en s'avançant vers lui, voici
un jeune Cavalier avec qui nous
allons faire un brelan ; ne le jouez-
vous pas ?... — Tout ce qu'il vous
plaira, Madame.... Le ci-devant
Abbé, sous le costume extrava-

gant de nos jolis-cœurs modernes,
ayant conservé toutes les singeries
mielleuses du petit collet , nous lui
conserverons aussi ce titre précieux
au tendre souvenir de la galante
Darcy , dont l'antique époux , fort
antiché de l'ancien régime , avoit
pris la main du tartuffe , en disant:
bon jour l'Abbé. M. Dossan s'étoit
incliné sans rien dire , en faisant
même la grimace ; et moi , après les
politesses d'usage , j'avois aidé à
compter des jetons sur une table :
nous voilà au jeu. « Prenez garde ,
Monsieur , me dit M. Dossan ,
vous avez affaire à forte partie ;
Madame s'entend avec M. l'Abbé ,
et M. l'Abbé est Grec. »

Il avoit raison , l'Abbé jouoit
serré , alloit avec un seul as contre
la Dame , et se trouvoit toujours
trente-un en main contre moi.
Dans un moment de distraction ,
j'avois avancé mes pieds sous la

table; Madame Darcy qui cherchoit
ceux de l'Abbé, se trompa; l'Abbé
de son côté prit les miens pour ceux
de sa Maîtresse et tous deux me les
pressèrent fort tendrement: je les
regardai; ils me parurent cruelle-
ment embarrassés. Des Amans
devroient-ils jamais jouer avec un
tiers?

Le jeu fini, on m'invita à venir
prendre ma revanche le lendemain;
M. Dossan s'offrit à me ramener,
et nous laissâmes M. l'Abbé avec
les Maîtres de la maison. « Que
dites-vous de l'Abbé, me dit-il,
quand nous fûmes ensemble?
« ne vous ai-je pas dit qu'il étoit
grec? Mais, répondis-je, il a peu
gagné: d'ailleurs il hasarde assez...
avec Madame Darcy; mais avec
vous, je gagerois bien qu'il n'a
jamais été qu'avec la plus grande
probabilité du gain.—Ce bon Darcy
il s'imagine que sa femme et son

D 3

Abbé.... — Comment?... — Vous
n'avez pas vu que l'Abbé est au
mieux avec Madame Darcy? Il
n'y a que vous et son mari à qui
cela ne saute pas aux yeux...— Quoi
vous croyez que Madame..— Entre
nous, c'est une des plus franches
coquettes de Paris. Oh ! je la dé-
masquerai.... Son Abbé est le plus
fat, et le plus impertinent person-
nage.... Je veux vous en donner le
divertissement. Ils sont invités à
venir passer quelques jours à ma
campagne : soyez de la partie. Je
promis, et nous nous séparâmes. »

Me voilà donc en concurrence
avec un Abbé, me dis-je, lorsque je
fus seul. Que vous êtes changée,
Mademoiselle Saint-Val ; cet air
ingénu , ces discours naïfs , où
sont-ils ? Ces yeux timides et mo-
destes sont devenus hardis ; ce
maintien réservé, qui faisoit paroître tant d'innocence : on ne peut

pas s'y méprendre à présent. Elle
ne m'aime plus, au fond, que me
fait son inconstance? Rien certai-
nement. Laissons-là donc recevoir
tranquillement les hommages de sa
nouvelle conquête. Rompons le
projet de Dossan; mais d'où me
vient tant d'agitations? L'aimerois-
je encore? Non, ce me semble.....
Cependant j'aurois du plaisir à la
voir punir de sa perfidie.... Oui,
M. Dossan je suis des vôtres.

Dès que le moment d'aller chercher ma revanche fut venu, je me
trouvai chez Madame Darcy. Tout
se passa comme le jour précédent:
nous perdîmes l'Abbé et moi, Madame, qui gagna tout, joua avec
un agrément infini.

Je passe sur quelques incidens
légers, pour venir à l'histoire de la
campagne. Le jour du départ arrivé
Monsieur, Madame Darcy et
l'Abbé se mirent dans un carrosse:

M. Dossan et moi, sous prétexte
d'aller tout préparer, nous montâmes dans un cabriolet et prîmes
les devans.

La Maison du Marquis Dossan
est charmante; la rivière en baigne
les murs, et les appartements sont
distribués d'une manière agréable
et commode. Nous les parcou-
rûmes ; il me fit remarquer un
cabinet de glaces le plus élégant
du monde : on n'y voyoit d'autres
meubles qu'un canapé que les
glaces multiplioient gracieusement; ce petit réduit paroissoit le
séjour de la volupté, et l'asyle des
plaisirs! Madame Darcy en aura la
clef, me dit-il, descendons, ils
doivent arriver incessament.

Effectivement, l'instant d'après
nous entendîmes une voiture, c'é-
toit celle de nos gens. Le déjeûner
étoit prêt ; chacun y fit honneur
suivant son appétit. Après ce dé-

jeûner, on fit la visite de la maison, et chacun fut enchanté du cabinet des glaces. On se promena jusqu'au dîner, et après le dîner, notre Hôte nous dit, « je ne croirois pas mériter que l'on mefît le plaisir de venir me voir, si l'on n'avoit une entière liberté chez moi. Voici le ton de ma maison; chacun y est son maître; on s'y lève quand on veut : on se rassemble pour dîner : on joue ou l'on s'amuse autrement. Si ces Messieurs sont chasseurs, ils pourront se contenter. » Darcy remercia; l'Abbé fit le mauvais plaisant, sur ce que son ajustement jureroit avec un fusil ; pour moi, selon les instructions que j'avois reçues, avant l'arrivée de la compagnie, je m'érigeai en amateur de la chasse. Madame, continua-t-il en s'addressant à la Darcy, vous voudrez bien accepter la clef de la

petite pièce qui vous a plu ; elle
est faite pour vous : un portrait
aussi charmant que le vôtre , ne
peut trop être répété. On se promena ; l'on joua jusqu'au soir : et
j'observai que M. Dossan ne quitta
pas un instant Madame Darcy.

Après souper chacun se retira
dans son appartement ; attendez
que je vienne vous prendre pour
sortir de chez vous , me dit M.
Dossan en me quittant. J'avois
l'esprit dans une situation singu-
lière ; je n'aimois pas , et j'aurois
voulu , sinon être aimé , du moins
ne point voir d'amant à Madame
Darcy. Ses agrémens se retra-
çoient dans mon imagination ;
c'étoit encore cette Saint-Val , si
jolie , si touchante ; mais qui ne
m'aimoit plus. Je fus long-tems
à m'endormir ; enfin le sommeil
s'empara de mes sens. Il me sembloit que je n'en goûtois la dou-

cœur que depuis un moment, lorsque Dossan vint me réveiller brusquement : levez-vous, me dit-il,
et suivez-moi.

Je fus étonné de voir qu'il étoit
grand jour. Je m'habille à moitié
et sors à la hâte ; il me conduisit
par un escalier dérobé, et me fit
entrer dans une chambre obscure
qu'il ouvrit très-doucement. Il me
plaça devant un grand miroir,
dans lequel d'abord je ne distin-
guai rien, mais les objets s'éclair-
cissant peu-à-peu, je reconnus la
disposition du cabinet des glaces,
et Madame Darcy sur le sopha.
Surpris, j'allois me récrier ; mon
guide me mit la main sur la
bouche.

Dans une position voluptueuse,
mon ancienne maîtresse en cherchoit une qui le fût davantage.
Une jambe mignonne reposoit mol-
lement dans toute sa longueur,

tandis que l'autre suspendue avec
nonchalance , étaloit toutes les
graces d'un pied des plus petits.
Sa gorge assez découverte , pour
faire souhaiter qu'elle le fût entièrement ; ses yeux qui parcouroient , plein d'une douce langueur , les différentes manières
dont elle étoit reproduite ; c'est
ainsi qu'on eût peint Vénus attendant Adonis ; et ce portrait peut-
être eût flatté la Déesse. A la figure
de l'amant près , madame Darcy
étoit dans la même circonstance.

Nous vîmes la porte s'entrou-
vrir ; M. l'Abbé entre doucement
et la referme. On lui présente une
main qu'il baise avec ardeur ; il
parcourt des beautés qu'on aban-
donne à sa passion. Quelles images
de volupté répétoient ces glaces
enchanteresses ! elles me firent une
telle impression , que serrant la
main à notre Hôte ; je fis une ex-
                              calmation

clamation qui les troubla ; ils se
levèrent de dessus le canapé , prê-
tant de tous côtés une oreille at-
tentive ; ils parurent prêts à sortir
du cabinet, et Dossan craignant
une seconde indiscrétion de ma
part, me fit quitter notre perspective.

« Vous êtes jaloux de l'Abbé,
me dit-il en chemin. Il est vrai ,
lui répondis-je , convenez qu'il est
bien heureux , et qu'il jouit d'une
aimable femme... Eh! mais, si son
bonheur vous tente , vous n'avez
qu'à dire... S'il me tente... ah! je
donnerois..... » C'est assez : à demain. L'instant d'après je vis M.
Dossan que je venois de quitter,
avec l'Abbé et sa Maîtresse, dans
le jardin.

Il n'est pas difficile de compren-
dre par quel moyen on pouvoit voir
ce qui se passoit dans la pièce
voisine. Une des glaces supérieures

passoit du cabinet dans l'appartement adjacent qui n'avoit que fort
peu de jour; elle jetoit les objets
du cabinet sur un grand miroir qui
les réfléchissoit à ceux qui regar-
doient attentivement, dans le plus
grand détail. Denis le Tyran avoit
dans sa maison un endroit où l'on
ne pouvoit parler sans être en-
tendu; ici l'on voyoit jusqu'au
moindre geste ; le premier étoit
bien dangereux pour des mécon-
tens , et le second ne pouvoit guère
nuire qu'à des Amans heureux.

Occupé des paroles de Dossan,
je fus plus galant auprès de Madame Darcy, je pris auprès d'elle
ce ton insinuant et flateur, qui
plait souvent, et qui amuse toujours. Tous les momens de la
journée furent remplis, à la table,
au jeu, ou à la promenade, et
l'Abbé ne put profiter d'un seul
instant de tête-à-tête.

Tout le monde étant retiré, M.
Dossan monta dans mon appartè-
ment. « Je vous ai pris en amitié,
me dit-il, votre caractère me plait ;
c'est sans compliment, ajoûta-t-il,
voyant que j'allois l'interrompre.
Je vais vous en donner une preuve...
J'ai aimé Madame Darcy, elle a
répondu à ma passion ; vous avez
vu que l'Abbé a pris ma place : si
elle eut fait un autre choix, je n'en
aurois pas été fâché ; je sens bien
qu'à mon âge je ne suis plus le fait
d'une jeune femme ; mais je crois
valoir encore mieux qu'un Abbé.
Il est vrai, lui dis-je, que les femmes les courent, je ne sais pourquoi.
Par la raison même qu'ils n'ont
rien de recommandable, me répondit-il ; les femmes qui dans le
fond n'en font pas grand cas, n'ima-
ginent pas qu'une autre puisse être
flattée de la conquête d'un Abbé :
il paroît donc un homme sans

E 2

occupations, et prêt à se donner
tout entier à celle qui voudra bien
le recevoir. Or, les femmes sont
toujours bien aises de posséder le
cœur d'un homme sans partage :
d'ailleurs on les croit discrets,
parce qu'ils sont obligés de l'être,
quoique grace à la dépravation de
notre siècle, peu de jeunes gens
aient autant d'indiscrétion qu'eux.
Ajoutez que ces déseuvrés mortels
sont sans cesse autour des femmes,
complaisans, flateurs, possédant
toujours à merveille l'histoire du
jour et la chronique scandaleuse,
attendant avec opiniâtreté le moment favorable, adroits à le faire
naître, prompts à le saisir.....
J'interrompis M. Dossan; je gage
lui dis-je, que vous en aurez rencontré quelques-uns en chemin de
bonne fortune, et que c'est-là ce
qui vous irrite si fort contre le
corps entier. Non, en vérité,

excepté auprès de Madame Darcy ;
je n'ai jamais été remplacé, ni
précédé par aucun ; j'ai même
trouvé dans cette classe des indi-
vidus aimables et honnêtes, mais
j'en hais le général ; et dans le
fait n'est-ce pas une chose ridicule
qu'il n'y ait point de compagnie
où l'on ne trouve des Abbés ? Au-
cune jolie femme qui n'ait le sien ?
En public, en particulier, toujours
à ses côtés ; c'est son * Sigisbée,
son second mari ; c'est bien plus
encore il décide le goût, fait vouloir,
renvoie le laquais , choisit la
femme de chambre, ordonne les
parties, arrange, dispose de tout,

---

* Sigisbée , c'est un homme, qui dans cer-
taines Villes d'Italie, fait auprès d'une Dame
toutes les fonctions d'un Epoux, hors la princi-
pale, dont il a quelquefois aussi la complaisance
de se charger. Voyez tous les voyages d'Italie.
Nos Abbés pourroient bien en introduire la
mode en France.

et, ce qu'un galant homme auroit peine à obtenir après les plus longs services, est offert avec ardeur à ces figures hermaphrodites. Mais finissons sur leur chapitres, aussi bien ne dirois-je pas tout ce que j'en pense. Vous savez que Madame Darcy a été séparée de son Abbé dans un instant critique ; ils doivent se trouver demain à la même heure au cabinet ; votre rival n'aura garde d'y venir : il a pris ce soir, sans s'en appercevoir, une potion, qui le retiendra dans son lit au moins jusqu'à deux heures ; vous irez prendre sa place : usez de votre avantage, je ferai le guet ; je vous promets d'écarter et le Mari et l'Amant lui-même si quelque diable nous l'amenoit.

« Je voulus tourner ce qu'il me disoit en plaisanterie. Je vous parle sérieusement ; vous manqueriez

une bonne fortune : faites sentir
que i'Abbé est arrêté : profitez du
moment , il lui sera difficile de se
défendre. Les femmes surprises
se défendent mal des impudens,
en tout autre cas , cela peut être
différent.

« A ce propos, il faut que je
vous raconte une aventure qui
m'est arrivée, il y a ma foi près
de vingt-cinq ans. Je soupois chez
un de mes amis avec une Dame
fort aimable : c'étoit une brune
piquante que j'accompagnai chez
elle. En chemin elle me parla de
son mari ; il étoit toujours valétu-
dinaire , et d'un très-foible tem-
pérament. Je la plaignis en plai-
santant ; elle prit parfaitement le
badinage : nous arrivons, je lui
donne la main jusqu'à son appartement. Elle se fait déshabiller en
me faisant des excuses ; on la met
au lit, je veux me retirer, elle me.

E 4

retient ; nous causerons un moment Monsieur : enfin on nous
laisse seuls. Après quelques discours généraux, je crus le moment
venu, et je tentai l'aventure. Sans
trop chercher à se défendre, elle
attrape un cordon de sonnette, le
tire, une de ses femmes vient ;
apportez, dit-elle, d'un grand
sang froid, un verre d'eau à la
glace à Monsieur, il est échauffé,
il en a besoin.

Le tour étoit cruel, dis-je, en
étouffant de rire ; et comment
vous tirâtes-vous de là ? Je n'y
pûs tenir : je la quittai déconcerté
et plus honteux qu'un Renard pris
par une poule.... Et si pareille
chose m'alloit arriver ?... Vous
n'avez rien à craindre : les circons-
tances ne sont pas les mêmes.
D'ailleurs, il n'est pas de sonnettes
dans le cabinet... Convenez que
c'est bien fait exprès, et que si les

glaces pouvoient parler... Il sourit.
Je vous empêche de reposer ; il est
tard , me dit-il , adieu. »

Je me couchai , réfléchissant à la
position originale où je me trouvois.
Le desir , la crainte , l'espoir , une
foule d'idées, qu'il m'eût été impossible de démêler , me laissèrent
dans un état difficile à définir.

Suivant sa promesse , M. Dossan
me vint prendre ; en avançant vers
le cabinet, le cœur me battoit avec
violence , j'en ouvris la porte en
tremblant. Madame Darcy parut
surprise en m'appercevant, « eh !
mon dieu, c'est vous, s'écria-t-elle...
Oui , Madame, je viens de renfer-
mer M. l'Abbé , M. Dossan et
votre époux dans la salle, où ils
font un piquet ; je ne vous croyois
pas ici, Madame, et je ne puis trop
me féliciter, que le hasard m'ait
aussi bien servi... Vous ne lui
aurez, je vous assure, pas beau-

coup d'obligation. Je ne resterai pas
seule avec vous (en minaudant) »
je sais trop combien il est dangereux...... « Ah! Madame, quels
instans vous me rappellez ; se peut-
il que vous les ayez si entièrement
oubliés ?.... Il faut bien que non,
puisque je vous en parle, mais
asséyez-vous donc, (me voyant
toujours de bout) j'obéis. S'il
vous en souvient, Madame, repris-
je, je tenois votre main, (je la lui
serrai), j'osois la presser de mes
lèvres, (je la baisai) tenez, Madame, mon cœur vouloit s'échapper
de mon sein, (je lui en fis sentir la
palpitation). Quel doux nectar je
pus ceuillir sur cette belle bouche ! »
Elle rougit ; je l'embrassai. Cette
gorge charmante : j'osai... et que
n'osai-je pas ? J'oubliai dans ses
bras qu'elle étoit infidelle et perfide,
pour ne me souvenir que de sa
beauté.

Sortis de ce tendre délire, elle me
raconta les particularités de son
mariage. Sa mère l'avoit traitée
avec beaucoup de dureté après
nous avoir surpris; on l'avoit, pour
ainsi dire, traînée à l'autel: elle
avoit épousé M. Darcy, non-seu-
lement sans amour, mais même
avec une espèce d'horreur: elle
avoit d'abord souffert beaucoup
avec lui; mais depuis elle avoit
acquis tant d'empire sur son esprit,
qu'elle étoit absolument la Maîtresse. Enfin, elle me fit remarquer
qu'il étoit tems d'aller délivrer
mes Prisonniers. Je ne pus m'empê-
cher de rire, elle voulut savoir de
quoi, et je lui avouai bonnement
que je m'étois servi de cette ruse
pour la tranquilliser.

Elle en parut plus empressée à
quitter le cabinet. Je remontai chez
moi où je trouvai Dossan. Je vous
fais mon compliment, me dit-il,

me croirez-vous une autre fois? Je
fus fâché qu'il nous eût épié;
j'avois compté qu'il veilleroit pour
notre sûreté, et qu'il n'auroit pas
le tems de nous examiner. « J'ai
tremblé continua-t-il, en vous
voyant prendre un si long détour;
assurément vous connoissiez déjà
Madame Darcy; vous n'auriez pas
réussi avec une autre en vous con-
duisant de même. Il en savoit trop
pour lui cacher quelque chose,
Je lui contai mon histoire. »

Après cette marque de confiance,
je crus pouvoir exiger quelque
chose de la sienne. « M'apprendrez-
vous, lui dis-je, par quel hasard
vous avez fait construire un pareil
cabinet, et qui vous en a donné
l'idée? Je n'ai rien à vous refuser
me répondit-il, et il continua en
ces termes.

Ce fut un pauvre Mathématicien
qui m'en fit concevoir le dessein

Cet homme aussi riche en savoir,
que pauvre en moyens, s'étoit ruiné
à faire des expériences, je lui
fournis de quoi satisfaire son goût,
et j'en ai bien été récompensé : il
m'a laissé des choses uniques.

J'amenai ici une Nymphe de
l'Opéra que j'avois alors, quelque
tems après que mon cabinet eût
été achevé ; je lui en donnai la clef,
comme je l'ai toujours donnée à
toutes les femmes. Un matin que
j'avois fait semblant de vouloir aller
rendre visite à un de nos voisins, je
vins me mettre en embuscade dans
l'autre pièce ou aucun de mes gens
n'est jamais entré. Je n'attendis pas
long-tems ; ma Déesse parut avec
mon Valet de chambre, et j'eus de
quoi me convaincre de sa fidélité.

Cette aventure me dégoûta de
l'Opéra. Je voulus tâter de ces
femmes qu'on nomme honnêtes,
et qu'on suppose fidéles à leurs

Amans, parce qu'elles ne le sont
pas à leurs maris. Madame Dorbois à qui j'offris mes vœux, avoit
reçu ceux d'un jeune Mousquetaire;
cependant elle ne refusa pas les
miens. Voyant que des progrès
légers, comme ceux que je faisois
auprès d'elle annonçoient quelque
obstacle secret ; je voulus connoître
mon Rival. J'arrangeai une partie
de campagne , dont fut M. de
Croissac, c'étoit le nom de son
Amant, et celui qui m'inquiétoit
davantage; au moyen de la liberté
que je lui laissai, j'eus bientôt la
certitude de ce que je n'avois fait
que soupçonner. Mais le Mousquetaire étant inopinément parti pour
Paris, je profitai de son absence.
Ayant un jour conduit la cruelle
Dorbois dans ce même cabinet;
je me plaignis si vivement des
tourmens qu'elle me faisoit souffrir,
que touchée de mon désespoir

elle voulut bien le calmer. De retour
à Paris, le premier Amant revint ;
on voulut le ménager ; j'en témoi-
gnai de la jalousie, peut - être
l'auroit-elle quitté, j'aimai mieux
la quitter moi-même.

Je fis une autre épreuve. La
veuve d'un magistrat venoit passer
la belle saison près d'ici ; elle étoit
aimable, jeune encore. Je la voyois
souvent ; que dire à une femme, si
on ne lui dit des douceurs ? Elle
affichoit la réserve et la retenue ;
je pris le ton d'un homme à sentiment, et dans un dialogue très-
philosophique et dans le vrai goût
de Platon, je l'assurai d'un amour
éternel. Elle se fâcha de cet aveu,
et me défendit de prononcer jamais
le mot d'amour devant elle. Toutes
les fois que je la voyois, elle me
réiteroit cette défense ; je lui fis
voir un jour qu'elle vint chez moi,
le cabinet des glaces : elle en parut

enchantée. Le beau lieu! disoit-
elle; convenez Madame, lui répondis-je, que si vous n'aviez pas
banni l'amour, il seroit bien ici.
Elle voulut me prouver que l'amour
est une passion folle, toujours suivie
du repentir. Pour me convaincre,
il falloit faire une longue disserta-
tion. Quand on parle long-tems,
il faut s'asseoir; vous savez qu'il
n'y a pour tout siège que le sopha:
elle se mit dessus; je pris place à ses
côtés: hélas! ma modeste veuve n'eut
pas la force d'achever son discours.

Je pourrois vous raconter nombre d'histoires dans le même goût,
mais une plus longue conversation
donneroit des soupçons à la Darcy.

Nous descendîmes dans la salle;
n'y ayant trouvé personne, nous
fûmes dans l'appartement de M.
Darcy, où nous rencontrâmes
sa femme. Elle nous demanda avec
beaucoup d'empressement des

nouvelles de l'Abbé: nous lui dîmes que nous le croyons encore au lit. Je lui demandai, en la regardant malignement, si elle lui avoit donné quelque rendez-vous auquel il eût manqué ; elle se déconcerta, et il me sembla lire dans ses yeux qu'elle l'accusoit d'indiscrétion, en même-tems qu'elle m'appelloit mauvais plaisant.

Monsieur, Madame Darcy, M. Dossan et moi, nous allâmes chez l'Abbé, qui dormoit encore très-profondément. En ouvrant les yeux il se félicita d'avoir aussi bien passé la nuit, et ayant apperçu Madame Darcy, « vous allez être en colère contre moi, Madame, lui dit-il, mais en vérité... Pourquoi Monsieur, en colère contre vous ? répondit-elle... Et oui, oui, je vous avois promis... et quand.... Vous rêvez M. l'Abbé, répliqua-t-elle d'un ton indigné ; réveillez-vous, je vous prie. Messieurs laissons-lui reprendre ses sens et sa raison. Descendons : elle sortit de la chambre et nous entraîna. »

Quelque tems après l'Abbé parut ; on dîna. Madame Darcy le parcouroit d'un air de courroux, qui loin de l'humilier, sembloit le rendre plus assuré ; cette bravade la piqua réellement : elle tira sur lui à boulets rouges ; il se défendit d'abord assez bien ; mais voyant que toute la compagnie étoit contre lui ; il se battit en retraite, et nous le poussâmes sans quartier. Son orgueil fut terrassé ; l'orgueil est le côté foible par lequel on ne pardonne pas d'être attaqué, aussi l'Abbé se voyant traité à outrance, dit quelques impertinences à Madame Darcy, que son mari n'entendit pas et que nous eûmes la bonté de ne pas relever, et feignant après dîner des affaires à Paris, il

partit sans qu'on s'empressât beaucoup à le retenir. Nous restâmes
huit jours à la campagne, après
quoi nous revînmes à la Ville.

La grande passion de Madame
Darcy, après la galanterie, étoit le
jeu; elle y passoit un tems très-con-
sidérable. J'y pris goût et je devins
bientôt un joueur déterminé. Ce
fut même au point, que sans m'en
appercevoir, je m'éloignai d'elle;
et que je fus remplacé avant de
connoître que j'avois perdu ses
bonnes graces.

Son changement ne fit que glisser
sur moi; je n'aimois plus que le
jeu. Je gagnai d'abord considéra-
blement, mais dans peu je perdis
tout, et le double avec. Quel Démon
que celui du jeu! Je ne pensois, je
ne rêvois plus que cartes. Le repos
avoit fui loin de moi; je ne dormois
plus la nuit, et le jour je n'étois
bien que dans quelques-unes de ces

dangereuses maisons, qu'on appelle Académies ; où les jeunes gens perdent souvent et leur honneur et leur santé, et où à coups sûr ils dérangent leur fortune.

J'y fus un jour témoin d'un trait frappant. Un homme assez bien mis jouoit et perdoit depuis long-tems, sur un coup qui annonçoit une infortune décidée, son visage s'altère ; il se lève furieux, traverse rapidement la Salle, et va frapper de la tête l'angle sortant que formoit la cheminée. Il semble bondir dessus, fait cinq ou six pas à reculons, et vient tomber à mes pieds. Il se relève, retombe. Son crâne étoit ouvert ; ses cheveux plein de sang. On le porta chez un Chirurgien, où malgré tous les secours, il mourut au bout de quelques heures.

Ce spectacle me fit tant d'horreur, que je jurai de ne plus re-

mettre les pieds dans ces cavernes
infernales.

Comme chacun a sa passion ;
comme il faut à chacun un objet
qui occupe , qui remplisse ou son
esprit ou son cœur, en moi l'un et
l'autre étoient bien vides par l'absence du plaisir , et par la perte de
mes maîtresse... Que faire , me
disois-je en soupirant... Chercher
de nouvelles rencontres. Allons
donc a Palais-Royal... Je n'y en-
trois pas que je n'éprouvasse une
émotion involontaire , en passant
par la gallerie où j'avois retrouvé
Lucile... Elle fut ma première inclination.... Ne l'ayant pas ren-
contrée une seule fois depuis notre
malheureuse scène , j'ignorois ce
qu'elle étoit devenue ; et tout cal-
culé , c'étoit la seule femme qui
m'excitât de véritables regrets.

En passant par cette mémorable
gallerie , je reçois le salut respec-

lueux d'une femme très-modeste-
ment mise , accompagnée de la
plus jolie jeunesse que j'aie jamais
vue... Je me retourne... Elles re-
viennent sur leurs pas : excusez,
Monsieur, me dit la maman, je
n'osois prendre la liberté de vous
parler ici..... Revenu de ma surprise , je reconnois mon intéres-
sante Pensionnaire..... Comment,
lui dis-je, c'est vous ! et cette aimable demoiselle...Vous lui faites bien
de l'honneur , c'est ma fille. Votre
fille... J'ignorois... Elle n'avoit que
treize ans lorsque vous la vîtes
chez moi ; et deux années se sont
écoulées ; je les compte par vos
bienfaits. Passons là-dessus , je vous
prie... Votre fille a quinze ans...
C'est un bel âge... Ah ! Monsieur!
nous avons bien du chagrin. Que
vous est-il donc arrivé? Monsieur,
vous êtes si bon , si humain....
Permettez que j'aille à l'heure de

votre commodité, déposer notre
déplorable secret dans le sein de
notre Bienfaiteur.... Je suis tout à
vous, ma chère Dame, dès demain,
si vous voulez accepter mon déjeu-
ner... Que d'obligations! elle me
salue, et la petite qui n'avoit
pas levé les yeux, me fait une
charmante révérence.

Oh! pour le coup, me dis-je,
cette rencontre est plus satisfaisante
que celle de toutes les Nymphes à
prétention qui habitent ce Palais
enchanté. Mais que veut dire cette
tristesse profonde; qu'elle peut
être l'intrigue mystérieuse dont ma
générosité doit faire le denoué-
ment? plus je cherchois le mot de
l'énigme, et plus je me perdois
dans mes conjectures.

Le lendemain matin, arrive ma
pensionnaire. Elle se présente seule,
et d'un air empressé... Monsieur,
me dit-elle, je vais revenir dans

un instant, voudriez-vous écarter votre Domestique, j'aurois besoin de vous parler en particulier et dans le plus grand secret. Elle sortit. J'appellai mon laquais; je lui donnai assez de commissions pour l'occuper le reste de la matinée, et lui défendis de rentrer, qu'il ne les eût toutes remplies.

Un demi-quart d'heure après la femme reparut. Elle s'assied, et me dit: Monsieur, vous êtes mon soutien, mon appui, le plus généreux de tous les hommes, daignez m'écouter, les années s'amassent sur ma tête, bientôt je ne serai plus en état de m'aider. Je vous doit tout; ma vie, celle de ma fille.... ma fille. Dieu veuille qu'elle soit plus heureuse que sa Mère! je l'ai élevé jusqu'ici dans une entière solitude. Hier lorsque j'ai eu l'honneur de vous rencontrer au Palais-Royal. On nous avoit suivies

suivies. L'envoyé de.... venoit de nous faire les plus belles propositions ; je les rejettai. Il insista, offrit de l'or, des bijoux... Je lui demandai du tems, et ne lui ôtai pas toute espérance. O ! mon Bienfaiteur ; je n'ai que Julie. La misère ne lui laisse pas la liberté d'être vertueuse : il faut qu'elle m'acquitte , qu'elle s'acquitte envers vous , avant de passer en d'autres mains. »

Ma surprise fut au comble. Sa fille étoit restée dans mon antichambre ; elle l'appella... « Ma chère Julie, souviens-toi de ce que Monsieur a fait pour nous, je te laisse avec lui; je viendrai te reprendre; et aussi-tôt elle se retira. Si le propos de la Mère m'avoit stupéfait, la beauté de la fille m'éblouit. Et quinze ans. ... quelle rose !

Elle m'avoit fait une grande r

F

vérence en rougissant, et croisant
ses beaux bras sur son estomach.
« Venez, charmante Julie, dis-je,
en lui prenant une main : venez
vous asseoir auprès de moi. Je re-
marquai qu'elle trembloit ; ne crai-
gnez rien, quand je serois le plus
féroce de tous les hommes, votre
regard m'adouciroit. Ah ! Monsieur, me répondit-elle, avec un
son de voix qui alloit au cœur :
ma mère m'a dit souvent que vous
aviez bien des bontés pour nous...
— Des bontés..... Ah ! je suis en
reste avec elle si vous voulez m'aimer. Dites, charmante Julie, voulez-vous m'aimer ?... — Ma mère
m'a recommandé de vous aimer
beaucoup, Monsieur..... — Votre
mère vous a recommandé... et sa-
vez-vous pourquoi elle vous a
amené ici ?..... — Pour vous voir,
Monsieur, nous vous avons tant
d'obligations ! Elle me disoit d'a-

voir pour vous bien des complai-
sances ; mais je ne sais pourquoi
elle étoit si troublée en m'habil-
lant ; elle avoit les yeux rouges ,
comme quelqu'un qui vient de
pleurer. »

Son air ingénu , sa figure, ses
graces naturelles , et cette énergie
de l'innocence animoient tous mes
sens. Je pris sur sa bouche un
baiser de flamme: elle ne se défendit pas. Sous des formes sé-
duisantes , son fichu croisé me
cachoit et la rose et le bouton...
J'y portai une main avide... Elle
me les abandonna ; mais elle n'étoit
point émue ; son cœur ne parloit
pas : c'est ainsi que la jeune Sy-
rinx ne fut qu'un froid roseau
entre les bras du Dieu des Bergers.

Entraîné par mes desirs ; je de-
venois plus téméraire, quand Julie,
qui avoit les deux mains sur son
visage , pour cacher ses larmes ,

se met à crier : « Basile ! mon pauvre Basile ! et se débarrassant de moi elle tomba à mes pieds : Oh ! ma mère ! Oh ! Monsieur, pardonnez-moi... Non , je ne saurois..... Je ne puis..... Oh ! mon Dieu , faites-moi mourir.

L'étonnement , le chagrin de rencontrer un obstacle à mes desirs , et l'impression de douleur que me causoit la sienne firent sur moi l'effet d'un coup de foudre. Je ne songeois pas à relever cette tendre victime dont les pleurs arrosoient mes genoux. Enfin je me jetai sur un siége : elle en fit autant. Je n'ai jamais pu concevoir que des hommes pussent porter la brutalité ou la folie au point de goûter le plaisir dans le sein même de la résistance. Je demandai à Julie , qui étoit ce Basile qu'elle regrettoit tant : voici ce qu'elle me répondit :

Basile est un cousin de ma Mère, qui vint à Paris il y a six mois. Son père qui étoit vieux, l'envoya solliciter pour lui-même un nouveau bail de sa ferme ; le Maître lui demanda une caution : il n'en put pas donner tout de suite, et pendant ce tems, des Messieurs qui sont à Paris en offroient davantage ; Basile fut refusé. Il étoit si chagrin, qu'il n'osa pas retourner dans son pays. Ma Mère le nourrissoit ; elle lui proposa d'entrer en maison : mais pour ne pas nous être à charge, il se mit porteur d'eau. Et puis le soir, il nous apportoit tout le gain de sa journée. J'avois eu beaucoup de joie à voir qu'il restoit avec nous ; mais j'en eus bien encore davantage, lorsqu'un jour, il me dit : ma Cousine, c'est par rapport à vous que je reste à Paris. Si j'ai été si triste de ne pas avoir la ferme de mon Père, c'est parce que

je voulois proposer à votre Mère,
de vous marier avec moi, et de
venir avec nous au Pays. Ma petite
Cousine, cela vous auroit-il fait de
la peine? Oh! non mon Cousin,
lui répondis-je, au contraire, je
vous assure que j'en aurois été bien
aise. Quand je lui eus dit cela, il
se mit à pleurer : moi, je pleurois
aussi, mais je n'avois pas le cœur
serré comme quand il est parti, il
y a quinze jours. Ah! le pauvre
Basile comme il étoit désolé! Et
pourquoi vous a-t-il quitté? Son
Père est mort; sa Mère lui a écrit
qu'elle avoit besoin de lui: il est
parti. Ah! Monsieur, je suis bien
triste, je ne serai jamais la femme
de mon Cousin, ma Mère me l'a
dit. Et comment est-il fait votre
Cousin? Il est un peu plus grand
que vous, ses cheveux sont blonds,
ils frisent tout seuls, ses yeux sont...
Ah! comme il faisoit sauter mon

cœur quand il me regardoit; il
avoit les lèvres plus rouges que
vous; et puis de jolies couleurs.
De sorte que vous me trouvez
plus laid que lui?... non pas,
mais... Mais quoi?... je.... je le
trouvois beau.

Je souris à cette réponse de la
simple nature. Sa présence réveil-
loit mes desirs, ses paroles m'atten-
drissoient; il se fit en moi un combat
furieux, l'amour, l'honneur, les
sens, la raison: le choc fut rude, le
devoir l'emporta. Je me levai
brusquement, et je priai Julie de
m'attendre.

Elle avoit dans sa narration,
nommé le pays de Basile. Je savois
qu'un de mes voisins y possédoit
du bien. Depuis long-tems il étoit
son Maître. Je courus chez lui,
et je le pressai de s'intéresser pour
Basile. Rien ne pouvoit arriver
plus à propos; un de ses Fermiers

le quittoit, après avoir ramassé à
son service de quoi acheter des
terres. Mon ami me donna sa parole
pour le Cousin de la petite, et je
revins chez moi.

La Mère de Julie rentra presqu'en même tems. « Madame, lui
dis-je, je crois trop vous connoître:
pour ne pas être persuadé, que le
désespoir seul, pouvoit vous résou-
dre à prendre le parti que vous
preniez au sujet de votre Fille.
Vous savez ainsi que moi le triste
sort de la plupart de celles que la
trompeuse amorce de la fortune
jette dans le désordre. Les premières années de la vie, se passent d'une
manière brillante; mais ensuite les
appas et les Amans s'envolent tout
à la fois. Les hôpitaux, et les
asyles honteux, réservés à la dé-
bauche, sont remplis de ces
misérables qui ont autrefois vécu
dans le plus grand éclat, et à qui

il ne reste aujourd'hui que la honte et les regrets cuisans attachés à la suite du vice. Julie aime son Cousin; il faut qu'elle l'épouse. Je lui annonçai ce que je venois de faire pour lui.

Cette femme n'étoit pas corrompue. Elle m'appella son bon Ange, son Dieu tutélaire; elle me remercia avec une effusion d'allégresse, qui ne pouvoit être comparée qu'à celle de sa fille. Julie me sauta au cou, sans pouvoir parler. Et dans ce moment délicieux mon attendrissement ajoutoit aux transports de la reconnoissance.

Oh ça, leur dis-je, vous allez être tous heureux. Je le suis d'avoir pû contribuer à votre félicité; mais j'espère que vous voudrez bien mettre le comble à la mienne: faites ma paix avec Lucile, et que l'amour et l'amitié se couronnent mutuellement au Temple de l'Hymen !

Ah ! Monsieur, s'écria la Mère de Julie, c'est un double devoir qu'il me tarde de remplir.... Venez.... Votre tendre Lucile fera la moitié du chemin, j'en réponds, je connois son cœur.... il est tourmenté, déchiré, depuis ce jour fatal où vous eûtes la fermeté de me refuser sa grace...

A ces mots, je courrus, où plutôt je volai à la maison de Lucile.... En me voyant elle fit un cri, se jetta dans mes bras... Ses larmes et les miennes se mêlèrent, nos âmes se confondirent, et nos cœurs pénétrés du même trait de flamme, se jurèrent une fidélité éternelle.

FIN.

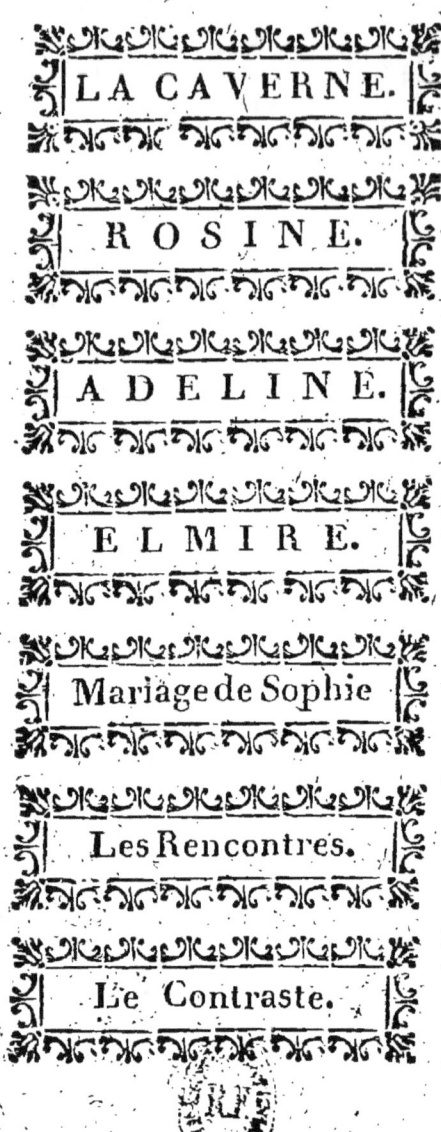

LA CAVERNE.

ROSINE.

ADELINE.

ELMIRE.

Mariage de Sophie

Les Rencontres.

Le Contraste.

www.ingramcontent.com/pod-product-compliance
Lightning Source LLC
Chambersburg PA
CBHW060847250626
47162CB00005B/2182